Analyse de l'œuvre

Par Natacha Cerf
et Pierre-Maximilien Jenoudet

L'Œuvre

d'Émile Zola

Rendez-vous sur lepetitlitteraire.fr et découvrez :

Plus de 1200 analyses
Claires et synthétiques
Téléchargeables en 30 secondes
À imprimer chez soi

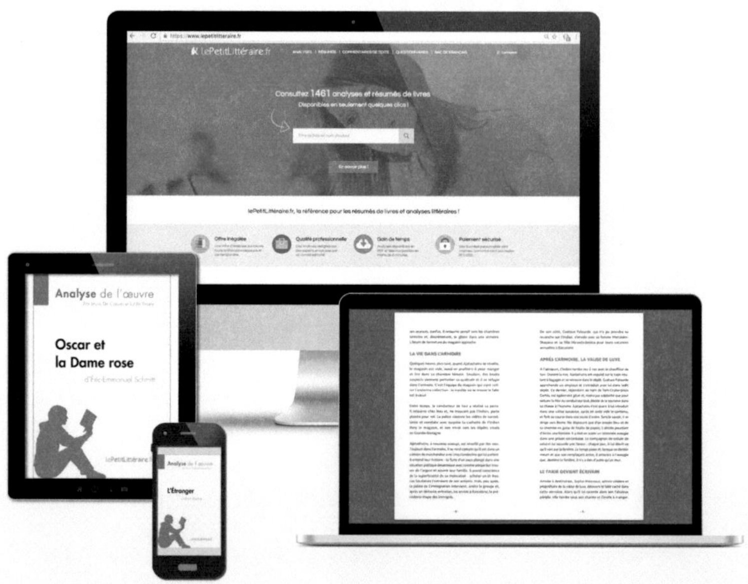

ÉMILE ZOLA

ÉCRIVAIN ET JOURNALISTE FRANÇAIS

- **Né en 1840 à Paris**
- **Décédé en 1902 dans la même ville**
- **Quelques-unes de ses œuvres :**
  - *Nana* (1880), roman
  - *Au Bonheur des dames* (1883), roman
  - *Germinal* (1885), roman

Émile Zola est considéré comme l'un des romanciers majeurs du XIXe siècle en France. Il est principalement reconnu en tant que chef de file du mouvement naturaliste qui entend appliquer à la littérature les méthodes scientifiques expérimentales de l'époque : après observation du réel, Zola émet une hypothèse et la vérifie par expérimentation dans ses œuvres. Il illustre notamment cette esthétique dans le cycle romanesque des *Rougon-Macquart*, une fresque de vingt livres qui constitue la principale œuvre de l'auteur et qui connaitra un grand succès malgré de nombreuses critiques.

Zola est également célèbre pour ses prises de position, souvent sources de condamnations. La plus notoire concerne l'affaire Dreyfus où sa lettre ouverte *J'accuse… !* (1898) contribua grandement à l'issue heureuse du procès du capitaine Dreyfus (1859-1935).

L'ŒUVRE

LA NAISSANCE D'UNE ŒUVRE D'ART

- **Genre :** roman
- **Édition de référence :** *L'Œuvre*, Paris, Le Livre de Poche, 1972, 544 p.
- **1ʳᵉ édition :** 1886
- **Thématiques :** art, peinture, mort, immortalité, impressionnisme

Publié en 1886, *L'Œuvre* est le quatorzième volume de la série des *Rougon-Macquart*. Zola cherche à y peindre l'effort de sang et de larmes fourni par l'artiste dans l'élaboration de l'œuvre d'art. Il y célèbre également la vertu du travail et de la création artistique en particulier qui offre à l'homme la victoire sur le temps par l'atteinte de l'immortalité.

Claude Lantier, peintre et protagoniste du roman, désireux d'en finir avec le romantisme et les conventions néoclassiques au profit du réel et de la nature, se retrouve sans cesse vaincu dans sa confrontation avec le vrai. Cette errance d'échecs en échecs le mène au suicide.

RÉSUMÉ

CHAPITRE I

Un cocher mal intentionné jette Christine en pleine nuit devant l'atelier de Claude Lantier alors qu'elle devait se rendre à Passy. La pluie battante oblige le peintre à l'accueillir chez lui. Le lendemain, il découvre la jeune fille presque nue dans son lit. Fasciné par le spectacle de ce corps, l'artiste y voit un modèle exceptionnel. À son réveil, Christine prend peur, mais les supplications de Claude finissent par la convaincre de poser au moins pour le visage.

CHAPITRES II-III

Tous les jeudis, Sandoz, un écrivain, réunit une bande d'artistes amis depuis l'enfance. On y trouve Claude Lantier, l'architecte Dubuche, le peintre Fagerolles, le sculpteur Mahoudeau, le critique d'art Jory et Gagnière, un peintre dont la passion réelle est la musique. Les soirées chez Sandoz sont toujours animées par les grandes discussions de ces jeunes artistes révoltés, réunis autour d'une même idée : la nécessité de faire triompher la réalité brute et d'en finir avec le romantisme.

CHAPITRE IV

Deux mois plus tard, Christine reparait pour remercier Claude de l'avoir accueillie cette nuit d'orage. Elle lui rend visite régulièrement et accepte même de prêter à nouveau son visage pour le tableau qu'il veut envoyer au Salon et qui sera intitulé *Plein air*. Cependant, très vite, Claude se rend compte qu'aucun autre corps ne peut être posé sous cette tête. Christine finit alors par s'offrir entièrement afin que le peintre, désespéré, puisse achever sa toile dans les délais impartis.

CHAPITRE V

Le jury du Salon officiel refuse son œuvre, mais Claude est exposé au Salon des refusés. Devant sa toile, une foule immense rit de ce qu'elle juge absurde. Après le Salon, ses amis et lui fustigent l'incompréhension du public et sont heureux de faire partie de ceux qui fuient l'art conventionnel qui foisonne au Salon officiel. Après une virée avec le petit groupe, le peintre rentre chez lui et y retrouve Christine. Foudroyé par l'échec, il s'écroule en pleurs sur ses genoux. Émue, elle se donne à lui.

CHAPITRE VI

Trop longuement séparée de Claude, Christine décide de quitter son travail chez Mme Vanzade, une femme âgée chez laquelle elle était lectrice, et les deux amants louent une vieille maison à la campagne. Les mois s'y écoulent dans une douce monotonie, sans que Claude ne touche un pinceau. Un évènement imprévu vient pourtant troubler leur quiétude : Christine met au monde un petit Jacques alors qu'elle n'est pas faite pour la maternité. Le petit s'élève donc seul au milieu de la nature et des soins maladroits de ses parents. Claude recommence peu à peu à peindre, mais il finit par ressentir l'appel de Paris : il n'aspire qu'à retrouver les tumultes du milieu artistique. Le couple retourne finalement dans la capitale.

CHAPITRE VII

Les jeudis chez Sandoz recommencent, en présence de Claude. Seulement l'ambiance n'y est plus : les inséparables conquérants d'autrefois deviennent peu à peu des étrangers qui cherchent à tirer leur part de gloire individuelle. Seul Sandoz croit encore en l'amitié éternelle pour ne pas voir les fossés qui se creusent entre chacun.

CHAPITRE VIII

Les tableaux de Claude envoyés au Salon sont sans cesse refusés. Bardés de génie sur l'un ou l'autre détail, un point médiocre les gâche néanmoins à chaque fois entièrement. Le peintre ne parvient donc pas à finir une œuvre comme il se doit. À cette impuissance s'ajoutent les difficultés matérielles. Christine partage le désespoir de son compagnon : elle lui réserve toute sa tendresse, délaissant le petit Jacques qui, privé des grands espaces de la campagne, dépérit. Claude, conscient de la vie misérable qu'il offre à Christine et des brusqueries dont il l'accable, décide de l'épouser pour lui faire plaisir, mais ce mariage ne fait que détruire leur relation : l'amante disparait définitivement au profit de l'épouse.

CHAPITRE IX

Malgré le manque d'argent, Claude décide de louer un atelier plus grand afin d'y peindre une toile magistrale. Pourtant, à chaque nouvelle tentative, l'ébauche est magnifique, mais, au moment d'achever son œuvre, Claude la gâte. Christine, qui se propose comme modèle des toiles entamées par le peintre, est réduite à l'état de simple objet. Pendant plus de deux ans, elle pose des heures durant et souffre en silence. Et comme d'habitude, Claude gâche le bien pour un mieux qui n'arrive jamais. La misère est à présent totale : le couple n'a plus d'économies, et Claude ne peut vendre la moindre toile car le public le raille.

Alors qu'il retombe sur son esquisse de *Plein air*, le peintre décide de la terminer et de recommencer la figure grattée de la femme. Christine doit à nouveau poser et son calvaire se fait plus dur encore : le mari compare son corps d'antan avec celui d'aujourd'hui, soulignant la vieillesse de son épouse. Cette dernière sombre dans un désespoir encore plus profond.

Accablé par les manques et les mauvais soins, le petit Jacques meurt. Claude, malgré sa tristesse, ne peut s'empê-cher de peindre le petit enfant mort et envoie le tableau au Salon.

CHAPITRE X

Il rencontre Fagerolles, dont le succès lui vient de son adap-tation de l'originalité de Claude aux aspirations du public. Il est membre du jury du Salon de cette année et fait recevoir la toile de son vieil ami in extrémis. Mais *L'Enfant mort* est placé si haut, dans un coin si sombre qu'on le voit à peine. Une fois encore, l'artiste a le cœur brisé.

CHAPITRE XI

Sandoz réunit à nouveau tous ses camarades pour un diner qu'il souhaite exceptionnel. C'est pourtant une débâcle : les convives en sont aux disputes et aux rivalités. Le menu somptueux passe sans que personne n'y goute, chacun étant trop occupé à jeter à la tête des autres des mots durs. Le grand ennemi est d'abord Fagerolles, à qui l'on reproche d'être un traitre et un parvenu pour plaire aux bourgeois. Puis c'est au tour de Claude d'être fustigé, accusé de les avoir tous perdus par sa mauvaise réputation et ses idées folles. Pour le plus grand désespoir de Sandoz, il ne reste de ces belles amitiés que colère et rancune.

Cette nuit-là, Christine découvre Claude sur son échelle, peignant une grande toile tel un possédé. Elle éclate alors et lui dit toute la souffrance endurée durant tant d'années à cause de la peinture. Sa passion et son amour de la vie réussissent à le faire faiblir : il s'abandonne à elle dans une ferveur jamais encore éprouvée. Pourtant, au matin, elle trouve Claude pendu devant sa toile.

Le jour de l'enterrement, une vingtaine de personnes accompagnent le convoi funéraire. Parmi les amis, seuls sont présents Sandoz et Mahoudeau qui disparait sans accompagner leur ami au cimetière.

ÉTUDE DES PERSONNAGES

CLAUDE LANTIER

Peintre né à Plassans, âgé de 22 ans au début du roman, il est le protagoniste principal du roman. Le personnage partage des points communs avec Cézanne (peintre français, 1839-1906) : une jeunesse aixoise, une timidité excessive envers les femmes qu'il cache derrière des manières, de brusques poussées de colère, et la réception d'un unique tableau au Salon. Mais on reconnait également en lui Édouard Manet (peintre et graveur français, 1832-1883), qui fit scandale au Salon des refusés avec *Le Déjeuner sur l'herbe* (1863), qui rappelle *Plein air*. Quant au suicide de Claude, il évoque celui d'Holzapfel (peintre allemand, 1846-1886), et son enterrement celui de Duranty (critique d'art et romancier français, 1833-1880).

Claude est donc un personnage composite, issu de multiples influences significatives. Il est d'ailleurs également un double de Zola puisqu'en tant que naturaliste, il se débat avec le vrai en vue de créer une œuvre d'art : l'artiste, sincère et courageux, se positionne résolument contre le romantisme. Aussi Claude touche-t-il au génie, d'où son statut de chef de file au début du roman. Si ce génie est incomplet, c'est entre autres à cause de troubles psychologiques inhérents à la famille des Rougon-Macquart, en proie à des crises nerveuses et hystériques. Cette hérédité, au lieu d'en faire un grand homme, en fera un fou qui, s'il est à l'origine du succès de tous ses contemporains, n'aura pu bâtir le sien.

CHRISTINE

Épouse de Claude, Christine est une jeune femme tendre et passionnée, âgée de 18 ans lors de sa rencontre avec Claude. Née à Strasbourg, elle perd ses parents jeune et, adolescente, est élevée par des nonnes.

Au départ, Zola la peint comme un personnage léger, mais au fil du roman, elle devient une fille pure malgré sa sensualité. Bonne et douce, la fibre maternelle ne s'éveille pourtant pas en elle lorsqu'elle donne la vie à Jacques : celui-ci mourra, faute d'attention. Paradoxalement, Christine se montre prête à endurer toutes les souffrances et toutes les humiliations par amour pour son mari. Le suicide de ce dernier fait de la jeune femme un être écrasé, misérable et fini.

PIERRE SANDOZ

Écrivain âgé de 22 ans, Sandoz est le fils d'un immigré espagnol. Tout comme Claude, c'est sa soif de lecture et son dédain des joies provinciales qui le sauvent de l'engourdissement du milieu de Plassans. En Sandoz, on peut remarquer des traces de la personnalité et de la carrière de Zola. Ces similitudes font en quelque sorte de lui un double de Zola. C'est un homme énergique mais pondéré, doux et volontaire. Au fur et à mesure du récit, le personnage s'enrichit d'autres qualités : sens solide de l'amitié, sympathie paternelle, raison et sincérité. Il rêve en effet à l'éternelle amitié, et c'est seulement confronté aux disputes violentes de ses camarades d'enfance qu'il renonce à son idéal. Il est d'ailleurs le seul à soutenir Claude, Christine et son filleul, le petit Jacques. Son sens de la famille et son dévouement le fait aimer tendrement sa mère pour laquelle il est aux petits soins. Ainsi, pour subvenir à ses besoins, il accepte un poste d'employé de la mairie de Paris, travail qui ne le passionne guère.

C'est un révolté, un passionné de vérité et de puissance, ce qui se traduit dans ses livres où l'on décèle le projet naturaliste : peindre l'homme tel qu'il est, déterminé par son milieu. Cette immense entreprise le jette dans des tourments infinis par crainte des imperfections. Les critiques cruelles et acharnées sur son œuvre ne lui font rien puisqu'il travaille sans espoir et sans volonté de reconnaissance immédiate. Mais, à l'inverse de tous ses amis d'enfance, Sandoz réussit son entreprise en tant qu'artiste et connait enfin le succès, tout en restant humble. Son unique source d'énergie et de foi se trouve dans le travail.

MAHOUDEAU

Sculpteur de 27 ans, Mahoudeau est maigre et sa figure est osseuse. Le personnage tient à la fois de Valabrègue (poète médiocre, 1844-1900) et de Solari (sculpteur, 1840-1906), deux artistes originaires d'Aix-en-Provence. S'il a remporté de grands succès aux concours du Musée à Plassans, Mahoudeau a raté l'École des beaux-arts à Paris. Il vit dans la misère et est réduit aux plus bas travaux de sculpteur. Son ambition d'artiste à ses débuts, sous l'influence de Claude et de ses camarades, tourne au gigantesque : il se positionne pour la force, le colossal et le débordant (les cuisses et les gorges de ses modèles sont surabondantes). Mais peu à peu, suite à sa débâcle, il revient à des grâces plus naturelles, au joli et à l'élégance. Sa vie devient alors meilleure puisqu'on lui commande des statuettes qui commencent à se voir partout. Seulement sa longue misère l'a aigri, ce qui le fait lancer des accusations à ses amis d'autrefois, à Claude en particulier.

JORY

Beau jeune homme de 19 ans, poète et journaliste avide de femmes, Jory est hypocrite, menteur, intéressé par sa seule jouissance et riche mais très avare. Derrière ce personnage se cache Paul Alexis (1847-1901), écrivain et chroniqueur né à Aix-en-Provence. Jory écrit des articles dans un petit journal tapageur, *Le Tambour*. Son premier papier fait scandale puisqu'il élève Claude en chef d'une école nouvelle, celle du *Plein air*, sacrifiant par là les peintres aimés du public. Son métier de chroniqueur et de critique d'art finit cependant par lui apporter succès et prospérité : il collabore en effet avec des journaux d'importance jusqu'à devenir directeur d'une grande revue d'art. Dès ce moment, il fait corps avec l'opinion publique et caresse dans le sens du poil ses lecteurs, abandonnant ainsi ses amis. Rompant avec toutes ses habitudes de prudence, il finit par se marier avec Mathilde, une femme méprisable qui ne lui laisse pas un sou en poche et l'oblige à se diriger vers la religion.

MATHILDE

Mathilde Jabouille tient avec son mari une herboristerie

voisine de l'atelier de Mahoudeau. C'est une jeune femme de 30 ans, d'une extrême maigreur que l'on dit pieuse bien que des commérages l'accusent d'avortement. Mathilde est d'abord la maitresse de Mahoudeau qu'elle vient voir dans son atelier. C'est également là qu'elle fait la rencontre avec Chaîne qui vit avec le sculpteur et qui devient également son amant. Ensuite, la plupart des camarades auront une relation avec elle, comme Jory qui la fréquente bien qu'il passe son temps à la dénigrer. À la mort de son époux, Mathilde se marie avec Jory dont elle gère la vie et les finances en despote.

Mathilde est, en quelque sorte, un prototype du personnage naturaliste. En effet, son commerce est décrit de façon très réaliste ainsi que ce que les gens disent d'elle. En outre, elle sert à raconter l'adultère qui est un des topoï du roman naturaliste.

FAGEROLLES

Fagerolles est un peintre au visage de fille, aux yeux clairs, et aux doigts longs et souples. Il affecte des airs de voyou et arbore un sourire inquiétant. C'est un homme hypocrite, lâche, flatteur et débineur. Il se veut l'élève de Claude et ne cesse de l'encenser. Pourtant, lui-même continue de peindre avec une adresse romantique. Il se prétend du camp de ses camarades, mais veut réussir et fait tout en ce sens. Garçon adroit, il comprend vite les raisons des moqueries subies par Claude lors de l'exposition de son tableau *Plein air* au Salon des refusés et sait ce qu'il faut atténuer pour en faire un succès. Grâce à ces accommodations, il connait la consécration. Son triomphe le transforme en un homme élégant et grave : il se sépare totalement de ses amis pour s'entourer de connaissances utiles. Fagerolles, adulé, ne cède ses tableaux qu'à des prix exorbitants : le luxe devient son quotidien. Pourtant, le jeune homme vit bien au-dessus de ses moyens : tous ses revenus sont générés sur base de spéculations sur l'avenir. Au Salon, il expose *Un déjeuner*, copie exacte du *Plein air* de Claude, mais adouci, élégant, truqué, arrangé pour correspondre aux gouts du grand public.

DUBUCHE

Gros garçon brun au visage bouffi et aux cheveux gras âgé de 19 ans, Dubuche est un architecte besogneux. Il est considéré comme un travailleur sans imagination et un raté, en raison de sa pondération et de son respect pour les formules établies par les beaux-arts. Il emprunte ses traits à Baille, un ami de collège de Zola devenu ingénieur. Par manque d'argent, il est contraint d'exécuter de basses besognes chez un piètre architecte qui travaille pour le grand entrepreneur Margaillan. Mais un projet de pavillon lui fait décrocher une médaille : enthousiaste, le père Margaillan lui donne sa fille en mariage. De peur de compromettre sa nouvelle fortune, il s'éloigne de ses camarades d'antan. Mais Dubuche va d'échecs en échecs : ses inventions et ses constructions sont lamentables, et son beau-père fou de colère le relègue à l'état de pique-assiette. Il n'est même plus respecté par les domestiques. Las et amer, il n'a plus qu'à s'occuper de sa femme faible et malade, et de ses deux enfants tuberculeux.

GAGNIÈRE

Fils de gros bourgeois, âgé de 24 ans, Gagnière est un peintre à la vocation manquée, tourné essentiellement vers les paysages. L'homme, blond à la figure poupine et aux yeux verts, est passionné par la musique. Le personnage s'inspire du peintre Béliard (1823-1912), peu talentueux, mais ami de Pissarro (peintre français, 1830-1903). Il finit lui aussi par jalouser le succès des autres.

IRMA BÉCOT

Irma Bécot est une jeune femme que la bande d'amis rencontre dans un café où elle a ses habitudes. Tous tombent sous le charme de cette jeune femme éduquée que les aléas de la vie ont conduit à devenir une demi-mondaine. Pierre pense que son nom serait très bien pour un roman ; Claude aimerait qu'elle pose pour lui, et Mahoudeau imagine déjà une statue d'elle, mais Irma fréquente déjà Fagerolles. Quelques semaines après, elle rend visite à Claude avec Jory, son nouvel amant, mais Christine est cachée derrière le paravent, et Claude refuse les avances de la jeune femme. C'est ensuite Gagnière qui recevra les faveurs d'Irma.

Plus tard, Irma devient la propriétaire d'un hôtel qu'elle a pu acquérir grâce à la générosité de ses amants. Elle est toujours en relation avec Fagerolles, mais elle ne tardera pas à coucher avec Claude alors que celui-ci déambule dans les rues de Paris et la rencontre.

Irma Bécot est l'un des personnages qui réussit le mieux dans le roman alors qu'elle devient la propriétaire d'un hôtel luxueux. Son éducation de jeune fille d'épicier instruite lui a permis cette réussite.

- 15 -

CLÉS DE LECTURE

LE NATURALISME

Le terme « naturaliste » désigne tout d'abord la personne qui étudie l'histoire naturelle. Le naturalisme est ensuite devenu un propos philosophique qui consistait à faire de la nature le principe fondamental des choses. C'est au XIXe siècle que le terme est utilisé dans les beaux-arts et spécifiquement pour la peinture où les sujets principaux des toiles sont la nature et les corps.

Cette époque est également marquée par le progrès scientifique avec la théorie de l'évolution de Darwin (biologiste anglais, 1809-1882), les travaux de Prosper Lucas (médecin français, 1808-1885) sur l'hérédité ou encore ceux de Claude Bernard (médecin français, 1813-1878) sur la médecine expérimentale et d'Auguste Comte (philosophe français, 1798-1857) qui fonde le positivisme.

Intéressé par ces notions, Zola s'inspire de celles-ci pour rédiger ses romans et fait naitre un nouveau genre littéraire, le naturalisme. Le roman naturaliste se base sur quelques fondamentaux :

- du point de vue scientifique :
    - les êtres vivants sont déterminés par leur ascendance, c'est-à-dire que la génétique transmet le caractère moral et psychologique d'un individu à sa descendance ;
    - le milieu social et économique dans lequel évolue l'individu l'influence.

- et du point de vue esthétique :
  - le roman naturaliste cherche moins le beau que le vrai ;
  - le corps dans sa nudité et le désir charnel sont dévoilés ;
  - ce qui était rejeté dans l'art et particulièrement dans le roman comme le sale, les bas instincts, les vices, est dévoilé dans le roman naturaliste.

Le déterminisme génétique et social dans *L'Œuvre*

Le sous-titre des *Rougon-Macquart* indique qu'il s'agit de « l'histoire naturelle et sociale d'une famille du Second Empire ». Ainsi, au fil des romans de cette somme, on peut reconstituer l'arbre généalogique d'une famille dont chacun des membres fait l'objet d'un roman. C'est le cas avec Claude Lantier qui est le fils ainé de Gervaise Macquart, personnage principal de *L'Assommoir* (1877). La famille Macquart prend sa source avec le personnage d'Adélaïde Fouque, dite tante Dide. Après avoir assisté à l'assassinat de son amant, celle-ci devient folle. Il est dès lors question d'une tare qui traverse les générations.

Claude Lantier hérite de cette tare. Il n'est pas alcoolique comme l'étaient ses parents, car il les quitte assez jeune pour vivre avec un protecteur amateur d'art. Pour autant, il devient fou à la fin du roman, comme le démontre son regard souvent décrit comme vide. Son fils est également touché par cette tare puisqu'il nait hydrocéphale et qu'il est plusieurs fois décrit comme un enfant imbécile. De là même façon, d'autres personnages souffrent du déterminisme génétique ou social dans le roman. Dubuche se marie avec une jeune fille extrêmement riche mais malade à cause du sang de ses ascendants alcooliques. Dès lors, les enfants de Dubuche sont, eux aussi, extrêmement malades.

Enfin, pour ce qui est du déterminisme social, il est remarquable de voir que le personnage qui s'en sort le mieux dans les épisodes centraux du roman est Fagerolles. Ce dernier trouve le succès en copiant Claude mais en adaptant ses œuvres aux gouts des amateurs d'art de Paris, une sphère dans laquelle il est né et dans laquelle il évolue. Ainsi, quand il copie les œuvres, il les transforme pour les rendre acceptables aux yeux des Parisiens.

Le vrai au-delà du beau

Pour écrire ses romans, Zola utilise des méthodes proches de celles des scientifiques. Il commence ainsi par observer puis par se documenter sur le sujet qu'il souhaite traiter. Ensuite, il planifie son œuvre dans les moindres détails. Son désir n'est donc pas d'écrire de belles choses, mais d'écrire avant tout des choses vraies. Les vices des personnages sont donc montrés sans détour. Dans *L'Œuvre*, il est plusieurs fois question d'adultère avec, en premier, lieu le personnage de Mathilde qui a une relation avec Mahoudeau puis avec la plupart des protagonistes. Il en est de même du personnage d'Irma qui vit de ses relations avec les hommes.

D'autres thèmes éminemment naturalistes sont exploités dans le roman : en premier lieu le corps. Tout le roman est basé sur la recherche du corps, du bon modèle qui est une obsession pour Claude. Le sexe est également omniprésent et exposé parfois crument, comme entre Claude et Irma.

D'autre part, Zola est décrit comme un romancier de la bouche et du ventre, car il est souvent question de la nourriture et de la digestion dans ses romans. C'est le cas dans *L'Œuvre* où Pierre Sandoz et Claude vont manger dans une brasserie après leur visite au Salon. La nourriture y est détestable et l'endroit sale et bruyant. La salle empeste le tabac, les nappes sont tachées de vin et de gras. Cette impression de saleté est encore renforcée par la description des femmes qui vont au salon dans des toilettes luxueuses et superbes et que Claude observe par la vitrine, faisant apparaitre plus nettement l'opposition entre ce qui est sale et ce qui est beau.

L'omniprésence de l'échec

Il remarquable de voir que le malheur et l'échec sont omniprésents dans les *Rougon-Macquart* particulièrement à cause de cette tare génétique, ce que l'on retrouve dans *L'Œuvre.*

Après une phase pendant laquelle Claude s'impose comme le chef de file de ses camarades et avec eux de tout un mouvement d'avant-garde, après avoir rencontré l'amour et avoir vécu des années de bonheur loin du tumulte parisien avec Christine, la vie de Claude bascule dans le malheur. Son retour à Paris marque la fin de la joie comme le pressentait sa femme. À nouveau plongé dans le milieu artistique parisien, il veut redevenir le chef de file d'un mouvement d'avant-garde, mais échoue à créer une grande œuvre. Quelques mois après, son fils meurt, et le tableau que Claude en fait n'est pas remarqué par le public du Salon. Enfin, son histoire d'amour se meurt à cause de la peinture...

Il ne reste à Claude que le suicide.

Les autres personnages sont tout aussi malheureux. Pierre Sandoz devient écrivain, mais il n'est jamais satisfait de son travail et il voit son groupe d'amis se séparer à cause de la jalousie. Dubuche pense faire un magnifique mariage avec une femme fortunée, mais sa femme est malade et il est traité en paria par sa famille. Bref, tous les personnages vivent une ascension vers le bonheur ou pensent en connaitre une, mais ils finissent tous par s'enraciner dans un profond malheur.

DES ÉLÉMENTS AUTOBIOGRAPHIQUES

L'Œuvre est le roman des *Rougon-Macquart* dans lequel la part autobiographique est la plus importante. On y retrouve en effet plusieurs éléments de la vie de Zola :

- **la jeunesse aixoise**. Au chapitre II, alors que Sandoz pose pour le tableau de Claude, les deux amis d'enfance évoquent leurs souvenirs d'antan. Cette enfance aixoise durant laquelle Zola fait la rencontre de Cézanne est ainsi l'un des premiers épisodes que l'auteur place dans son œuvre ;
- **la conquête du monde**. Après avoir échoué au bac en 1859, Zola décide de quitter la province pour la capitale. Il y vit une période de vaches maigres, mais s'enivre de contemplation et d'errances. Il lit de nombreux classiques, fréquente les ateliers et bat joyeusement le pavé avec un groupe d'amis provinciaux venus comme lui conquérir Paris ;
- **le projet naturaliste**. En 1868, Zola prépare déjà *L'Histoire*

d'une famille, ce vaste cycle romanesque qui deviendra les *Rougon-Macquart*. Ce projet se retrouve très clairement dans la bouche de Sandoz :

Zola s'est d'ailleurs plus ou moins peint lui-même sous les traits de Sandoz. Physiquement, il lui ressemble, et tous deux partagent quelques similitudes au niveau bio-graphique. En effet, tous deux sont les fils d'un émigré. Ils ont vécu la mort prématurée de leur père, ce qui les oblige à prendre soin de leur mère à Paris. Ils ont également en commun une carrière littéraire débutée dans le journalisme, et ont vécu les mêmes critiques et les mêmes succès. Alors que la devise de Zola est « *Nulla dies sine linea* » (« Pas de jour sans une seule ligne »), Sandoz prononce les mots « Allons travailler », tandis que les larmes de la perte de son ami Claude lui restent encore dans la gorge. En outre, Zola, comme Sandoz, recevait ses compagnons artistes tous les jeudis, et se jugeait un parfait ami. Dans le roman, Sandoz déménage à de nombreuses reprises : chacun de ses changements de domicile est représentatif de son ascension sociale et de son embourgeoisement. Il en a été de même pour Zola. L'homme et le personnage partagent encore le gout pour la bonne chère et les bibelots. Aussi Zola, dans son roman, confesse-t-il au travers de Sandoz les difficultés qu'il éprouve dans son travail de création artistique :

> « Écoute, le travail a pris mon existence. Peu à peu, il m'a volé ma mère, ma femme, tout ce que j'aime. C'est le germe apporté dans le crâne, qui mange la cervelle, qui envahit le tronc, les membres, qui ronge le corps entier. Dès que je saute du lit, le matin, le travail m'empoigne, me cloue à ma table, sans me laisser respirer une bouffée de grand air ; puis, il me suit au déjeuner, je remâche sourdement mes phrases avec mon pain ; puis, il m'accompagne quand je sors, rentre dîner dans mon assiette, se couche le soir sur mon oreiller, si impitoyable, que jamais je n'ai le pouvoir d'arrêter l'œuvre en train, dont la végétation continue, jusqu'au fond de mon sommeil... » (p. 359)

Enfin, les autres protagonistes du roman rappellent l'entourage de Zola à l'époque. Il envisageait d'ailleurs ainsi le plan de son *Œuvre* :

> « Ma jeunesse au collège et dans les champs. Baille, Cézanne. Tous les souvenirs de collège : camarades, professeurs, quarantaine, amitiés à trois. Dehors, chasse, baignades, promenades, lectures, familles des amis. À Paris, nouveaux amis. Arrivée de Baille et de Cézanne. Nos réunions du jeudi. Paris à conquérir, promenades. Les musées. »

L'IMPRESSIONNISME

Au travers du thème choisi par Zola, il est difficile de ne pas lier certains des personnages aux peintres naturalistes. L'histoire de l'impressionnisme est celle d'une génération de peintres réunis par hasard, parmi lesquels on retrouve Manet, Monet (1840-1926), Pissarro, Cézanne, Renoir (1841-

1919) et Bazille (1841-1870). Tous ont moins de 35 ans, des relations sentimentales tumultueuses et vivent modestement. Ils s'entraident mutuellement par amitié et par admiration. Les débuts de Claude et la formation du groupe d'artistes dans *L'Œuvre* représentent assez fidèlement les débuts du mouvement.

Les peintres doivent leurs rencontres surtout aux cafés (le café *Guerbois*) et aux brasseries (la brasserie des Martyrs). Le café *Guerbois* est dépeint par Zola à plusieurs reprises dans le roman sous le nom de café *Baudequin* :

> « Le café *Baudequin* était situé sur le boulevard des Batignolles, à l'angle de la rue Darcet. Sans qu'on sût pourquoi, la bande l'avait choisi comme lieu de réunion, bien que Gagnière seul habitât le quartier. Elle s'y réunissait régulièrement le dimanche soir ; puis, le jeudi, vers cinq heures, ceux qui étaient libres avaient pris l'habitude d'y paraître un instant. » (p. 96)

Les jeunes artistes s'y réunissaient pour provoquer les bourgeois, parler de l'art moderne et condamner la peinture officielle du Salon, dont ils exécraient le jury. Ce dernier rejetait en effet tout ce qui n'était pas purement académique et considérait la peinture de paysage comme un art mineur. En 1863, le jury refusa près de 4 000 toiles, ce qui provoqua un scandale. Pour calmer les foules, l'empereur décida de créer un Salon des refusés. Manet, Cézanne et Pissarro purent alors présenter leurs œuvres au public. Seulement celui-ci ne se précipitait au Salon que pour railler les pauvres artistes.

Le mouvement impressionniste nait du réalisme, avec lequel il partage la contestation de la peinture romantique et académique. Les artistes ne cherchent plus à poétiser leur sujet, et les gens humbles reçoivent le même traitement sur les toiles que les dieux et les héros. Leur inspiration est puisée dans le monde qui les entoure et une attention particulière est portée à la lumière. Zola résume ainsi les caractéristiques essentielles de la révolution impressionniste par la bouche de Claude :

> « C'était l'étude nouvelle de la lumière, cette décomposition d'une observation très exacte, et qui contrecarrait toutes les habitudes de l'œil, en accentuant des bleus, des jaunes, des rouges, où personne n'était accoutumé d'en voir. » (p. 280)

Le groupe des impressionnistes se sépara notamment pour des raisons politiques : la guerre de 1870, la Commune de 1871 et l'affaire Dreyfus suscitèrent des réactions diamétralement opposées parmi ses membres. Cependant, la fin de l'aventure est principalement marquée par la mort de Manet en 1883 : son enterrement est le dernier évènement qui rassemble les peintres impressionnistes. Les caractères, les jalousies, les situations matérielles et les évolutions trop différentes mirent fin aux amitiés. En 1896, Zola prend acte du décès de l'impressionnisme et de cette épopée remarquable. L'échec de Claude le symbolise.

LE MYTHE DE PYGMALION

Les romans de Zola suivent souvent une structuration proche de celle des mythes. L'exemple le plus précis se trouve dans *La Curée*, roman dans lequel il est question de Phèdre. Ce recours aux mythes fondateurs, païens ou chrétiens, permet d'affirmer la valeur littéraire de l'œuvre en reprenant des schémas connus de tous et en s'éloignant de la simple étude scientifique.

Dans *L'Œuvre*, il est question d'art et de création qu'elle soit littéraire, plastique ou picturale. Or le personnage de Claude Lantier nous rappelle sous certains aspects celui de Pygmalion. Cet homme, volontiers misogyne, ne veut pas fréquenter les femmes. Il sculpte alors une femme plus belle que toutes les autres, et en tombe amoureux. Lors de la fête de Vénus, la déesse de l'amour, Pygmalion demande à avoir une épouse semblable à la femme qu'il a modelée. Vénus exauce le vœu de Pygmalion qui, quand il rentre dans son atelier, embrasse sa statue qui prend vie.

Des traces de ce mythe se retrouvent dans les pages du roman. Dans un premier temps, on sait que Claude n'est pas ce qu'on appelle un homme à femmes et que s'il les aime en modèle il n'est pas aussi séducteur que ses camarades. En outre, Claude ne désire pas se marier et ne le fera que pour faire plaisir à Christine. La rencontre entre le peintre et son modèle se fait de façon fortuite. Enfin à mesure que l'histoire d'amour des deux protagonistes s'éveille, la peinture que Claude réalise pour le Salon des refusés prend forme. Quand Claude et Christine déménagent pour vivre « d'amour et d'eau fraîche », le peintre ne crée plus, il n'en ressent plus le besoin car sa grande œuvre est à ses côtés, vivante. Mais quand l'amour s'étiole, Claude décide de rentrer à Paris et se lance dans la réalisation de ce qu'il espère être son chef-d'œuvre dans lequel une femme nue prendra la place centrale. Il décide de reprendre son modèle, sa femme. Mais son corps n'est plus si jeune, elle a enfanté, elle est moins blanche, ses seins sont moins rigides. Bref, il a perdu son amour parce qu'il a perdu son modèle et, à défaut de la réalité, Claude tente de peindre une femme plus belle que toutes les femmes au point de ne penser plus qu'à elle. Enfin, quand il revient vers Christine la pensée de sa peinture est tellement forte, sa folie tellement pressante qu'il ne peut que se suicider.

Roman de la création artistique, *L'Œuvre* pose la question du rapport de l'artiste au monde et de la place qu'il s'y fait. Comme un coup d'œil lancé sur sa carrière, Zola montre que la création artistique est un travail au sens premier du terme, c'est-à-dire au sens de douleur, d'efforts, comme le travail de l'enfantement rappelé dans les pages du roman quand Sandoz confie qu'il accouche de ses œuvres avec les fers.

PISTES DE RÉFLEXION

QUELQUES QUESTIONS POUR APPROFONDIR SA RÉFLEXION...

- En quoi *L'Œuvre* peut-elle être considérée comme un roman autobiographique ?
- Quelles sont les causes de l'échec de Claude ?
- Quels sont les mythes repris dans le roman ?
- Citez d'autres romans mettant en scène des artistes ratés et comparez-les avec le récit de Zola.
- Développez l'influence de l'hérédité sur les personnages de Claude et de Jory.
- De quel roman de *La Comédie humaine* de Balzac (1799-1850) *L'Œuvre* est-il inspiré ? Quels sont leurs points communs ?
- Les personnages forment des couples antithétiques. Expliquez.
- Quels sont les éléments historiques repris dans le roman ?
- Quel est le rapport entre la peinture et l'écriture dans *L'Œuvre* ?
- En quoi *L'Œuvre* est-il un roman naturaliste ?

POUR ALLER PLUS LOIN

ÉDITION DE RÉFÉRENCE

- ZOLA É., *L'Œuvre*, Paris, Le Livre de Poche, 1972.

ÉTUDES DE RÉFÉRENCE

- BARDET G. et CARON D., *L'Œuvre d'Émile Zola*, Paris, Éllipses, coll. « Résonances », 1999.
- CHEVREL Y., « Naturalisme », in Encyclopædia Universalis, consulté le 9 décembre 2016.
- *Le mythe de Pygmalion*, consulté le 9 décembre 2016, https://lemythe.wordpress.com/
- MITTERAND H., « Zola Émile (1840-1902) », in *Encyclopædia Universalis*, consulté le 9 décembre 2016.
- OVIDE, *Les Métamorphoses*, traduction de Louis Puget, Théodore Guiard, Chevriau et Fouquier, revue par Anne Videau, Paris, Le livre de Poche, 2010.
- VAN REETH A. et SOUMANY N., *La parenté : Zola et le gène fou des Rougon-Macquart avec Henri Mitterand*, diffusé le 25 avril 2013, France Culture.
- ZOLA É., *L'Œuvre*, préface de Bruno Foucart, Paris, Folio classique, 1983.

SUR LEPETITLITTÉRAIRE.FR

- Commentaire portant sur le chapitre XIV d'*Au Bonheur des dames* d'Émile Zola.
- Commentaire portant sur l'incipit de *Germinal* d'Émile Zola

- Commentaire portant sur le chapitre V de la cinquième partie de *Germinal*.
- Commentaire portant sur l'incipit de *Nana* d'Émile Zola.
- Commentaire portant sur la scène du bal de *La Curée* d'Émile Zola.
- Commentaire portant sur le chapitre VI de *Nana*.
- Fiche de lecture sur *Au Bonheur des dames*.
- Fiche de lecture sur *Germinal*.
- Fiche de lecture sur *Jacques Damour* d'Émile Zola.
- Fiche de lecture sur *L'Argent* d'Émile Zola.
- Fiche de lecture sur *L'Assommoir* d'Émile Zola.
- Fiche de lecture sur *La Bête humaine* d'Émile Zola.
- Fiche de lecture sur *La Curée*.
- Fiche de lecture sur *La Fortune des Rougon* d'Émile Zola.
- Fiche de lecture sur *La Mort d'Olivier Bécaille et autres nouvelles* d'Émile Zola.
- Fiche de lecture sur *La Terre* d'Émile Zola.
- Fiche de lecture sur *Le Ventre de Paris* d'Émile Zola.
- Fiche de lecture sur *Madame Sourdis et autres nouvelles* d'Émile Zola.
- Fiche de lecture sur *Nana*.
- Fiche de lecture sur *Pot-Bouille* d'Émile Zola.
- Fiche de lecture sur *Thérèse Raquin* d'Émile Zola.
- Questionnaire de lecture de *Germinal*.
- Questionnaire de lecture de *Nana*.

Retrouvez notre offre complète sur lePetitLittéraire.fr

- des fiches de lectures
- des commentaires littéraires
- des questionnaires de lecture
- des résumés

ANOUILH
- Antigone

AUSTEN
- Orgueil et Préjugés

BALZAC
- Eugénie Grandet
- Le Père Goriot
- Illusions perdues

BARJAVEL
- La Nuit des temps

BEAUMARCHAIS
- Le Mariage de Figaro

BECKETT
- En attendant Godot

BRETON
- Nadja

CAMUS
- La Peste
- Les Justes
- L'Étranger

CARRÈRE
- Limonov

CÉLINE
- Voyage au bout de la nuit

CERVANTÈS
- Don Quichotte de la Manche

CHATEAUBRIAND
- Mémoires d'outre-tombe

CHODERLOS DE LACLOS
- Les Liaisons dangereuses

CHRÉTIEN DE TROYES
- Yvain ou le Chevalier au lion

CHRISTIE
- Dix Petits Nègres

CLAUDEL
- La Petite Fille de Monsieur Linh
- Le Rapport de Brodeck

COELHO
- L'Alchimiste

CONAN DOYLE
- Le Chien des Baskerville

DAI SIJIE
- Balzac et la Petite Tailleuse chinoise

DE GAULLE
- Mémoires de guerre III. Le Salut. 1944-1946

DE VIGAN
- No et moi

DICKER
- La Vérité sur l'affaire Harry Quebert

DIDEROT
- Supplément au Voyage de Bougainville

DUMAS
- Les Trois Mousquetaires

ÉNARD
- Parlez-leur de batailles, de rois et d'éléphants

FERRARI
- Le Sermon sur la chute de Rome

FLAUBERT
- Madame Bovary

FRANK
- Journal d'Anne Frank

FRED VARGAS
- Pars vite et reviens tard

GARY
- La Vie devant soi

GAUDÉ
- La Mort du roi Tsongor
- Le Soleil des Scorta

GAUTIER
- La Morte amoureuse
- Le Capitaine Fracasse

GAVALDA
- 35 kilos d'espoir

GIDE
- Les Faux-Monnayeurs

GIONO
- Le Grand Troupeau
- Le Hussard sur le toit

GIRAUDOUX
- La guerre de Troie n'aura pas lieu

GOLDING
- Sa Majesté des Mouches

GRIMBERT
- Un secret

HEMINGWAY
- Le Vieil Homme et la Mer

HESSEL
- Indignez-vous !

HOMÈRE
- L'Odyssée

HUGO
- Le Dernier Jour d'un condamné
- Les Misérables
- Notre-Dame de Paris

HUXLEY
- Le Meilleur des mondes

IONESCO
- Rhinocéros
- La Cantatrice chauve

JARY
- Ubu roi

JENNI
- L'Art français de la guerre

JOFFO
- Un sac de billes

KAFKA
- La Métamorphose

KEROUAC
- Sur la route

KESSEL
- Le Lion

LARSSON
- Millenium 1. Les hommes qui n'aimaient pas les femmes

LE CLÉZIO
- Mondo

LEVI
- Si c'est un homme

LEVY
- Et si c'était vrai…

MAALOUF
- Léon l'Africain

MALRAUX
• La Condition
  humaine

MARIVAUX
• La Double
  Inconstance
• Le Jeu de l'amour
  et du hasard

MARTINEZ
• Du domaine
  des murmures

MAUPASSANT
• Boule de suif
• Le Horla
• Une vie

MAURIAC
• Le Nœud
  de vipères

MAURIAC
• Le Sagouin

MÉRIMÉE
• Tamango
• Colomba

MERLE
• La mort est
  mon métier

MOLIÈRE
• Le Misanthrope
• L'Avare
• Le Bourgeois
  gentilhomme

MONTAIGNE
• Essais

MORPURGO
• Le Roi Arthur

MUSSET
• Lorenzaccio

MUSSO
• Que serais-je
  sans toi ?

NOTHOMB
• Stupeur et
  Tremblements

ORWELL
• La Ferme
  des animaux
• 1984

PAGNOL
• La Gloire de
  mon père

PANCOL
• Les Yeux jaunes
  des crocodiles

PASCAL
• Pensées

PENNAC
• Au bonheur
  des ogres

POE
• La Chute de la
  maison Usher

PROUST
• Du côté de
  chez Swann

QUENEAU
• Zazie dans
  le métro

QUIGNARD
• Tous les matins
  du monde

RABELAIS
• Gargantua

RACINE
• Andromaque
• Britannicus
• Phèdre

ROUSSEAU
• Confessions

ROSTAND
• Cyrano de
  Bergerac

ROWLING
• Harry Potter à
  l'école des sor-
  ciers

SAINT-EXUPÉRY
• Le Petit Prince
• Vol de nuit

SARTRE
• Huis clos
• La Nausée
• Les Mouches

SCHLINK
• Le Liseur

SCHMITT
- La Part de l'autre
- Oscar et la
  Dame rose

SEPULVEDA
- Le Vieux qui
  lisait des romans
  d'amour

SHAKESPEARE
- Roméo et Juliette

SIMENON
- Le Chien jaune

STEEMAN
- L'Assassin
  habite au 21

STEINBECK
- Des souris et
  des hommes

STENDHAL
- Le Rouge et
  le Noir

STEVENSON
- L'Île au trésor

SÜSKIND
- Le Parfum

TOLSTOÏ
- Anna Karénine

TOURNIER
- Vendredi ou
  la Vie sauvage

TOUSSAINT
- Fuir

UHLMAN
- L'Ami retrouvé

VERNE
- Le Tour
  du monde
  en 80 jours
- Vingt mille
  lieues sous
  les mers
- Voyage au
  centre de
  la terre

VIAN
- L'Écume des jours

VOLTAIRE
- Candide

WELLS
- La Guerre des
  mondes

YOURCENAR
- Mémoires
  d'Hadrien

ZOLA
- Au bonheur
  des dames
- L'Assommoir
- Germinal

ZWEIG
- Le Joueur
  d'échecs

ISBN version numérique : 978-2-8062-5335-4
ISBN version papier : 978-2-8062-5340-8
Dépôt légal : D/2013/12603/112

Avec la collaboration de Pierre-Maximilien Jenoudet pour l'analyse de Mathilde et d'Irma Bécot ainsi que pour les chapitres « Le naturalisme » et « Le mythe de Pygmalion ».

Conception numérique : Primento,
le partenaire numérique des éditeurs.

Ce titre a été réalisé avec le soutien de la Fédération Wallonie-Bruxelles, Service général des Lettres et du Livre.